현대문학 × 아티스트 경현수

<현대문학 핀 시리즈>는 아티스트의 영혼이 깃든 표지 작업과 함께 하나의 특별한 예술작품으로 재구성된 독창적인 시인선, 즉 예술 선집이 되었다. 각 시편이 그 작품마다의 독특한 향기와 그윽한 예술적 매혹을 갖게 된 것은 바로 시와 예술, 이 두 세계의 만남이 이루어낸 영혼의 조화로움 때문일 것이다.

경현수(b. 1969) 중앙대 서양화과와 뉴욕 스쿨 오브 비주얼 아트School of Visual Arts 순수미술 석사 과정 졸업. 서울시립미술관, 아르코미술관, 부산비엔날레, 플라토미술관, 이유진갤러리 등 국내외 다수의 개인전, 그룹전 참여.

ARTIST KYUNG HYOUN SOO

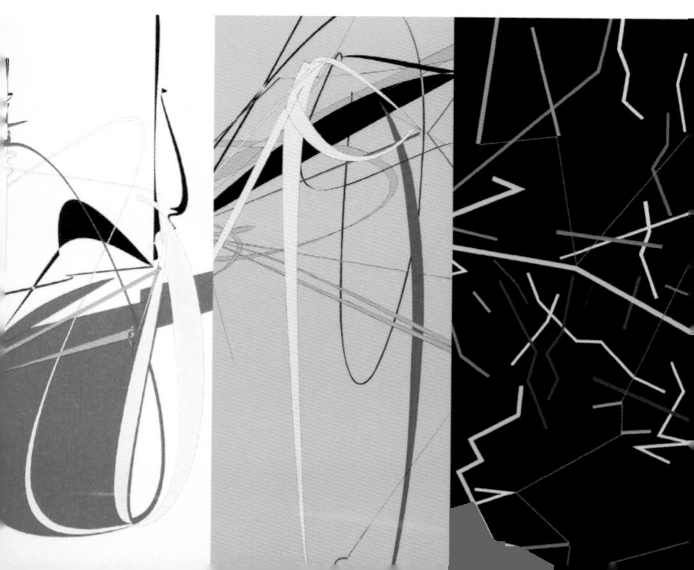

마르지 않은 티셔츠를 입고

김이듬

마르지 않은 티셔츠를 입고

김이듬

PIN

021

차례

PIN

021

마르지 않은 티셔츠를 입고

김이듬

시

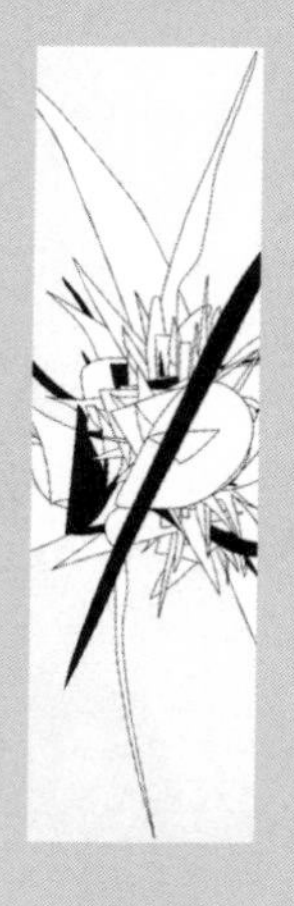

한 시

무릎을 꿇는다
바닥 가까이에 자물쇠 구멍이 있다

한 시의 낭하로 들어간다

창문을 연다
미세먼지는 미세하고 민감해서

묻는다 어디든지

개업 선물로 먼지떨이를 가지고 왔던 시인이 있었다
이건 타조 털로 만든 거래
퇴화한 날개가 나의 손에 있다

내게 와줘
동물원의 새들도 누군가의 방문을 기다릴까

온몸을 턴다
등을 켠다
반음계적 환상곡을 튼다

나는 묻은 채 고인다

피아노는 구름 위에 있다

세 개의 벽이 책인 세계 속에서
사라진 페이지를 찾는다

아쿠아리움

오늘처럼 인생이 싫은 날에도 나는 생각한다
실연한 사람에게 권할 책으로 뭐가 있을까
그가 푸른 바다거북이 곁에서 읽을 책을 달라고 했다

오늘처럼 인생이 싫은 날에도 웃고
오늘처럼 돈이 필요한 날에도 나는 참는 동물이기 때문에
대형 어류를 키우는 일이 직업이라고 말하는 사람을 쳐다본다
최근에 그는 사람을 잃었다고 말한다
죽음을 앞둔 상어와 흑가오리에게 먹이를 주다가 읽을 책을 추천해달라고 했다

사람들은 아무런 할 일이 없는 것처럼 보인다

그들은 내가 헤엄치는 것을 논다고 말하며 손가락질한다
해저터널로 들어온 아이들도 죽음을 앞둔 어른처럼 돈을 안다
유리벽을 두드리며 나를 깨운다

나는 산호 사이를 헤엄쳐주다가 모래 비탈면에 누워 사색한다
나는 몸통이 가는 편이고 무리 짓지 않는다
사라진 지느러미가 기억하는 움직임에 따라 쉬기도 한다
누가 가까이 와도 해치지 않는다

사람들은 내 곁에서 책을 읽고
오늘처럼 돈이 필요한 날에도 팔지 않는 책이 내

게는 있다

궁핍하지만 대담하게

오늘처럼 인생이 싫은 날에도 자라고 있다

역광

점토가 배달되어 왔다 얼굴을 만들었다 귓바퀴를 붙이기가 어려웠다 말을 만들지 않았다 지나가던 사람이 나를 오래 응시했다 얼굴이 보이지 않았다

멍든 말이 해 저무는 창가에서 내게 발을 내밀었다 들어오라고 말할 수 없었다 그가 문 앞에서 무너지기 전에 등 뒤로 화살 광선이 쏟아졌다 내 방은 가시덤불로 무성했다

글자를 썼지만 일어나면 없었다 구청 직원이 평수를 재고 갔다 내 삶의 실평수는 점토보다 작았다

모든 하루가 역광이어서 세상의 사물들이 담담하면서도 깊이 있게 보였다 하찮았다 사진을 찍어도 나오지 않았다

원형탈모

너는 펜을 쥐고 있었다 펜이 아니면 분필 혹은 보드마커
아참, 마이크를 잡은 날은 꽃을 안기도 했지
그러니까 뭔가 쓰고 말했다는 말씀

어제까지 너는 젊었다 어제까지 너는 재벌이었지 어제까지 너는 감각의 구리 광산에서 만든 태양으로 시간을 측정했다 골방 암막커튼을 여닫으며 심장의 말 구근이 자라기를 기다렸다 펄펄 눈이 오면 구근이 노지에서 얼지 않게 조심했다 방광의 말 구근에서 구리색 뿌리가 나오고 싹이 나오고 원활한 배수가 되지 않는 작품 때문에 상심했다 대충 리본으로 묶어 로켓 배송했다 로켓이 불을 내뿜으며 정수리에서 솟구칠 때도 달에 착륙할 의도는 없었다

달과 태양 중에 어떤 것이 더 아름다운지 알지 못한다

달 물결처럼 어제는 그저께 그끄저께로 번질 뿐 오늘은 커졌다 구리 주화만 했던 탈모 부위가 달빛 주먹만큼 심장에 말의 구근을 키우면서 상심했으나 피로 글자를 쓴다고 말할 때에도 머리카락은 촘촘히 산발로 길어갔는데 말이지

너는 어제가 오늘보다 아름다운지 알지 못한다

너는 근시안 먼 날은 모른다 손님의 분비물처럼 태양이 또 엎질러졌나 보다 한다 대걸레로 보이는 데를 쓱쓱 닦는다 달이 뜨면 또 번지나 보다 한다 옆머리로 정수리를 쓱쓱 가린다 자연 치유의 은

총을 베푸소서 열 시간의 근로 병원 갈 시간 없어요 망치를 들고 벽으로 가서 2018년 달력을 달고 18년이라니 중얼거린다 사마토로 가득한 화분에 물을 주고 박수를 세 번 쳤다

너는 어제보다 조금 죽었다 조금 더 빠졌고 조금 더 넓어졌다 펜 대신 접시를 쥐고 있다 접시 아니면 쟁반 혹은 빗자루

비행접시가 도착해도 다른 행성 안 간다

너는 빗자루 타고 가게 안에서만 날아다닌다

접시 닦고 펄펄 행주를 삶아 넌다

아직 장사꾼이 덜 되었다

너는 이제 사라진 세대보다 사라지는 머리카락을 두려워하는

대머리 여가수가 되기 전에 레코드판을 버렸고 가사를 버렸고 기타는 칸막이 밖에 내놓았다

어제의 네가 오늘 밤의 너보다 아름다운지 알지 못한다

외곽으로 가는 버스

보건소에서 위생 검사를 받았다 나는 기나긴 줄에 서 있었다 버스는 갔다 버스가 나를 버리고 간 게 아니라 버스는 버스니까 갔다 돌아오지 않는다 내가 운전기사의 사정을 이해한다고 해도 회차 지점을 가늠한다 해도 이것을 고독이라고 부른다면 벌써 나는 누군가를 만났겠지

언젠가 너는 손잡이를 잡고 내 눈을 째려보며 웃었다 얼얼했다 아무도 오지 않는 역으로 가자 대합실이 없는 역에서 내리는 눈을 맞아보자고 너는 말했지

나는 물컵에 소변을 보았고 막대기에 변을 묻혀 작은 병에 넣었다 적막하지 않은 보건소 화장실에서 나는 뒤돌아보았다 내벽의 그림처럼 미래로부터

눈이 왔다 많은 버스가 갔고 같은 숫자를 단 다른 버스가 왔다

손 씻지 않은 내가 네 얼굴을 만졌기 때문에 지금껏 앓은 걸까 손가락으로 입술을 감싸면서 너는 왜 울었니 미래는 흑백사진처럼 어둡게 오고 발목을 저녁에 묻은 채 나는 네 이름을 작게 중얼거려본다

도미토리

운이 좋으면 아무도 없다

벌써 덥다
여름이 시작되지도 않았는데

운이 좋지도 나쁘지도 않아서 한 사람을 만날 수 있었다
여덟 개의 침대가 있는 방에서
이렇게 많은 사랑의 말이 새겨져 있는 벽 앞에서

나는 군대에 다시 가는 꿈을 꾼 적 없고 원고가 불타오르는 꿈을 꾼 적 없고 양고기 먹은 밤에도 순한 양이 우는 꿈을 꾼 적 없다 지난 사람의 침대에서 지난 사람에게 속삭인 말을 하고 아직 안 끝났어 마르지 않은 티셔츠를 입고

심지어 빗방울이 두드리는

아래 칸의 비비추는 습한 지하방에서 잘 자란다
키가 얼추 자란 후에는 더 자라지 않는다
하위를 지킨다

공동침실이지만 같이 깨지 않는다
어디로 가니?
오늘만 살 것처럼
땅속줄기도 알뿌리도 남기지 않는 식물처럼

로커를 열지 않는다 아무것도 안 넣었으니까
운다 계단 아래에서
밝은 회색 편지 묶음을 끝없이 등 뒤에 감추고

늙은 올빼미처럼 나 혼자 구시가 끝까지 가기보다 둘이서 몇 발짝 더 가고 싶어 속으로 삼킨다

평범한 삶은 고통스러운 안녕의 연속
운이 좋으면 늦은 시간까지 아침 식사를 할 수 있다

싱어송라이터

네 노래가 나에게 힘이 될 리 없지만 네 노래가 나를 위로하거나 어루만지지 않지만 혼자인 건 나뿐인 거 같을 때 나를 모서리로 몰아가지만

장미도 데이지도 페페로미아도 없는 창가에서 광장이 보이는 지저분한 창가에서 비스듬히 앞 방의 벗은 두 남자가 보이던 레코드판만 한 창을 열고

네가 부른 작은 노래를 다른 데서는 부르지 말아줘

네 노래는 공사가 덜 끝난 공장의 깨진 벽돌 같아 망한 옷 가게 커튼 뒤 쓰러진 마네킹 같거든 밤의 횡단보도 앞에서 파는 럼과 바닐라를 첨가하지 않은 젖은 페이스트리 같아도

네가 내게 불러준 그 작은 노래를 기억할게 다른 이의 마음을 흔들지 말아줘

최악의 언덕이었고 시체가 떠오르는 저수지였고 내게도 마음이란 게 있다면 네 노래를 들을 때뿐 비합리적으로 너를 사랑해 부조리하게 너를 사랑해 사람의 모순이 사랑을 만들어 나머지 모든 것은 내게 소용없네

네 노래는 나를 의심하고 네 노래가 없었던 나의 모든 날들을 환멸하네 네 노래가 사라질 모든 날들을 환멸하지 짐작이 의심보다 무서웠어 보드 타던 애가 속도를 줄이지 못하고 다친 광장에서 너는 노래하고 싶었다네

천둥소리를 녹음했지 언제나 주위에 있는 어둠이 더 짙어지던 밤에 폭우를 녹음했어 너는 창가에서 이제는 사라진 가스등처럼 흐릿했네 옛날 가게 마네킹처럼 눈코 없이 울고 있었어

점등원은 올 리 없고 광장에서 언덕에서 저수지에서 정원에서 우리가 아침 식사를 함께할 리가 없겠지만 나는 네 노래를 사랑했어 매일이 폭풍 전야이기를 바라 태풍 경로 속에 내가 있기를

나에게 너는 표를 사 준다 통로 좌석과 창가 좌석 중에 어디가 좋은지 묻지 않는다 노래에 기대하던 모든 것을 느끼게 해준 너는 나의 절망 나는 눈먼 여자 수난 없는 사랑을 알지 못하네 지진 없는 대지의 노래를 믿지 못하네

네가 부른 그 작은 노래 네가 부른 나의 노래를 나만 듣고 싶었지만 어떡하면 좋을까 네게 창과 통로 낮게 뜬 달도 주고 싶으니 젖은 토양과 작열하는 태양과 차가운 밤의 나의 시신까지

내게 불러준 너의 작은 노래를 어떡하면 좋을까

마법책을 받은 날

천사가 선물한 마지막 기회라는 말을 들었다.

좌표를 보며 개펄을 찾아간 것은 늦여름이었다.

여름은 나에게 아무것도 가르쳐주지 않았다.

나는 샌들을 벗어둔 채 펄로 들어갔다. 허벅지까지 푹푹 빠졌지만, 조금 더 외진 곳 깊숙이 추적하다 보면 보물을 찾을 수 있을 것이다. 그러나 트래블 버그의 최종 위치는 수평선 너머로 확인되었다. 파도가 밀려오기 시작했다. 폭격을 맞은 기분이었다.

나는 햇빛을 걷어차며 해변을 걸었다.
천천히 옆으로 걸어 너를 만났다. 넌 읽던 책을 덮고

보물을 찾아다니는 이유를 나에게 묻는다.

발견해도 소유할 수 없는 보물이라고? 심지어 그 보물이 돌멩이나 조개, 스티커나 쪼끄만 피규어라니 비참하지 않니?

나는 여름을 사랑했다. 발견해도 소유가 불가능한 보물처럼.

나는 나의 해변 절벽으로 올라온다. 오래전 포병이 모두 떠난 돈대이다. 포를 발사하던 구멍들이 무참히 있다. 이리로 바람이 불고 새 떼가 날아든다. 새똥을 뒤집어쓴 채 서서, 너는 크고 흰 새를 다정하게 바라보았다.

뭘 해야 할지 모르겠는 여행 마지막 날이야, 너는 버리고 갈 책들을 내게 주었다. 사람의 마음을 사는 법, 행복을 부르는 습관, 이런 마법책을 나는 읽지 않는다.

여름은 나에게 아무것도 가르쳐주지 않았다. 사랑이 어디에나 있다고 사람들이 말했지만 내겐 천사의 말도 사람들의 노래도 소리가 없는 음악으로 들린다.

음악은 더 외진 움막으로 향하게 하고, 사랑이든 사랑이 아니든 오래갈 필요가 없다.

아르누보는 왜 의자들과 관계 있는가

젓는 것과 흔드는 것의 차이를 말씀드릴까요? 내가 셰이킹하는 모습을 보며 휘파람 부는 사람이 있고 칵테일이 맛있기를 기대하는 사람도 있죠. 팔이 아플까봐 걱정하는 사람이 저기 구석자리에 있는 걸 알아요. 그는 언제나 롱아일랜드아이스티를 주문하죠. 낡은 마루처럼 민감한 사람들의 반응, 그래봤자 차이는 의자 간격 정도죠.

퍼포먼스가 아니에요. 나는 이 밤의 바에서 칵테일을 파는 사람. 팔이 빠져라 흔들고 섞고 저으며 적습니다. 내가 사랑하는 마리골드는 구역질 나게 썩는 냄새를 피워 벌레로부터 자신을 보호하죠. 하지만 어제 죽었어요. 나는 이 화분을 안락의자 위에 올려둡니다.

운명은 운명적이지 않고 예술은 예술적이지 않아서 나는 의자들을 수집합니다. 어깨가 아픈 사람을 등받이가 긴 의자에 앉히고 만취한 사람은 벤치에 눕혀요. 약을 한 내 동료는 경찰에 잡혀갔지만 약을 팔고 성매매한 클럽 주인은 오늘 헬스장에서 셀카를 찍죠. 나는 의자를 들고 아무도 내리찍지 않아요.

사람들이 의자로 보인 적 있나요? 예쁜 병에 든 알록달록한 잼을 좋아하세요? 시체와 고기를 혼동하지 않고 만찬의 가지런한 식기들, 즉 큰 스푼, 포크, 나이프, 작은 스푼, 포크 따위를 활용한다면 제 말을 이해할 겁니다. 의자의 품에 안겨 의지를 내려놓은 적 있습니다.

둥그런 방석이 필요 없습니다. 의자 위에 의자를 겹쳐두고, 의자 사이에 의자를, 의자의 머리를 의자 다리 사이에, 그러다가 나는 의자를 뒤집어놓고 생각합니다. 의자를 어디에 놓느냐에 따라 구애가 없고 질투가 없는 다자연애를 시작할 수 있을까요?

아르누보라는 이 바의 보증금이 얼마였던가? 발을 뗄 때마다 마룻바닥이 내려앉고 있는데 카펫은 멀쩡해요.

태양이 어둠의 궤양처럼 보이고 승리가 참패와 비슷한 이름으로 보이지 않나요? 엉덩이의 종양처럼 터져서 나는 의자 위에 서서 천장을 두들겼어요. 패러디를 좋아하지 않고 비아냥거릴 처지도 아닙니다. 단지 창문이 하나 필요한 뿐이죠.

나는 전철역보다 광장보다 높은 천장을 보려고 해요. 셰이커를 흔들면서 내 머리 위에 걸려 있는 유리잔의 수만큼 많은 창문들을 상상합니다.

길고 지저분한 바를 사이에 두고 우리는 마주 앉아 있어요. 지하철을 사이에 두고 마주 앉은 이들처럼 가려는 방향이 반대지만 이따금 당신은 바를 넘어옵니다. 굴러오는 피넛처럼 무기력하게.

나는 언제나 바에 다리를 올린 발레리나처럼 태연하지만, 밤거리의 벤치들처럼 서 있지만, 아이들을 죽인 부모처럼 라일락 나무 아래서 소녀를 강간한 아저씨처럼 종종 자신을 들여다봅니다.

나를 차단한 인간적인 친구를 당일보다 오늘 더 사랑하듯이,

이곳에는 사랑을 나누는 의자가 무수히 많고 모두가 돈에 약에 취했어요. 나는 날마다 술을 만드는 쇼를 하지만, 아무리 흔들어도 얼음은 깨지지 않아요. 한순간도 한 방울도 녹지 않아요. 아무리 팔을 휘저어도 꿈이 깨지 않아요. 썩는 나를 데리고 나가지 못해요.

짐노페디

내가 바라던 바야
나른하다

감별해줘
푸른 풀과 허브
생략과 괴리

과장해서 말하느니
엉성하게 내버려둔다

정적이라고 평화로운 건 아니다

광장에 서 있었다
어디선가 본 듯한 사람이 큰 광주리를 들고 내 곁을 지나갔다

그는 성탑 꼭대기로 올라가 수많은 빵을 던졌다
사람들이 모자로 빵을 받았다

또 다른 사람이 빵을 가지고 탑으로 올라갔다
이상하고 단순한 행위가 반복되었다

기억나니?
오션뷰가 아니어도 좋았던 그 호스텔,
달밤에 사람들이 나체로 춤을 추었던가?

어렵게 열었는데 닫히지 않는 창문이 있다
빛의 의도는 아닐 거야
녹은 고무 패킹처럼 너는 찡그린다

나의 화초를 너는 먹는다

주근깨를 치료할 수 있다면
반복적으로

창턱에 걸터앉아 뜨거운 모자 안으로 먹구름을 밀어 넣는다
모두 가고 나면 소식이 없지

하면서도 궁금해
사랑일까
욕정일까

감정적이었던 자신에게 각자
친구들한테 물어봐도

헤어져야 글이 잘 써진다는

대답뿐

종말이 온다
우리는 만난다

정오의 마음

조금만 더 있자
지금 꼭 사랑하지 않으면 안 돼
저녁이면 이 느낌이 사라질 거야

마리는 한 팔로는 에리카를 사랑하고 가짜 팔로는 냉소한다

전체적으로 분위기는 괜찮은데 네크라인이 맘에 들지 않아
다른 창을 연다

에리카의 머리가 똑바르지 않다는 것을 사랑하면서 관찰한다
첫 팔로우니까

너는 왜 항상 한쪽으로 머리를 기울이니?

사진을 봐봐

벽 모서리에 찢어 붙여놓은 화보 남자애들 같잖아

한쪽은 진짜 브라운 한쪽은 진짜 블루

우리는 너무 개인주의자인데 관계를 하니까 모순적이야

개인적 평판이 좋기를 열망한다면 한 사람의 연인으로 살아갈 수 없어

에리카의 부모는 그녀를 정신병원에 보내려고 했다 한 남자의 아내로 사는 데 만족하지 못했다는 것만이 이유는 아니다

그래서 예술을 하니?

예술혼과 장사혼 사이에서 혼이 나간 마리가 심드렁하게 에리카를 바라본다

비현실적일 정도의 사랑의 관계는 비현실적으로 임시적이다

그러므로 모든 사랑은 인더스티얼하다

하지만 마리는 규정을 극도로 싫어하므로 보류하는 체질

에리카, 너를 사랑해

사랑은 죽어 없어지지 않아

우리가 온라인 쇼핑몰을 옮기듯이

그저 이동할 뿐이지

파수꾼

문이 닫히는데 다시 열리고 한 아이가 탔다.

내려가던 엘리베이터가 쿵 소리와 함께 멈추는가 싶더니 불이 꺼진다.

나도 모르게 비명을 질렀다.

안 무섭니, 너는?

구출되겠죠, 얘가 있으니까.

발을 구르며 나는 비상 호출벨을 눌렀다. 일산 전역이 정전되었으니 기다리라고 했다. 비상 발전기를 돌려 복구하겠다며.

아이는 손에 들고 있던 걸 가슴 쪽으로 끌어당겨 안는다.

와이어가 끊어지진 않을 거야. 괜찮아? 금방 불

켜지고 문도 열릴 거니까, 울지 마.

왜 그래요? 진짜 하나도 안 무섭다니까요. 내 친구가 있잖아요.

아이가 심지어 웃음소리를 낸다.

내 손가락에는 에코백 손잡이가 걸려 있다. 사랑 때문에 스스로를 동굴 속에 가둔 요정의 귀처럼, 고립의 고리처럼.

사람이 들고 있는 게 그를 구성하고 있다는 느낌.

위잉, 밝은 빛이 들어오며 동굴이 움직인다. 고마워, 잘했어. 소녀인지 소년인지 분간 어려운 애가 품고 있던 친구한테 말한다. 블록으로 만든 로봇이다. 한번 만져봐도 돼? 과격하게 생겼지만 자세히

보니 미소를 머금고 있는 레고 로봇의 발에 손을 대 봤다. 둘이 하늘을 날겠지. 변신 합체 가능할 거야. 악한들 몽땅 무찌를 다크 히어로 같다.

문이 열리고 찬란한 빛 속으로 아이가 뛰어간다. 나를 돌아보며 손을 흔든다. 내 까만 천 가방 안에는 어젯밤에 쓰다 만 시가 들어 있다. 언어 블록이 얇고 조잡하다. 대체로 나를 부순다. 되고는 죽은 사람의 소원처럼 부담스럽지만 시가 나로부터 나를 구원한다면.

잘 표현되지 않은 불행

1

아무에게도 헌정하지 않는 노래가 좋았다
누구를 위해 그리지 않는 그림이 좋았다
나는 네 사진을 세워두고 미완성의 자전적 장시를 쓰지 않는다
서로를 돌보지만 바치지는 않는 삶에 관하여 생각한다

너는 새알을 가지고 왔다
아무도 가지 않는 음침한 해변에서 주운 거라고 했다
가슴이 품은 한없는 슬픔처럼 작은 알이었다

나는 그 알에서 태어날 바다의 언어를 해독하고

싶다
실잠자리가 건드린 물결처럼 커다랗게 일렁이는 마음으로

달이 움직이는 동안
둥글고 환하던 빛이 사라지는 동안
우리는 서로를 의심했다
혀끝으로 대보는 봉합한 잇몸처럼
우리 사이에 알이 있었다는 사실조차 잊었다

아무에게도 헌정하지 않는 노래가 좋았다
서로를 돌보지만 바치지는 않는 삶에 관하여 생각한다
하지만
너는 환기구를 찾고 나는 창문이 필요해

톡 치면 빛나는 색유리 조각이 흔들리는 유리구슬처럼

우리가 투명한 심장을 가졌다면

환희의 노래를 지었을까?

알 수 없는 사랑에서 모든 불행이 시작되었다고 해도

유리창에 부딪쳐 죽은 새의 얼굴로

2

식성이 비슷한 사람이 물었다

그런 적 있어?

애쓰지 않은 적

밥으로 도피했던 적

막 구워낸 빵을 폭신폭신한 의자에 앉아 뜯어 먹은 적

적도 없고 친구도 없군
끄덕거리는 고개를 연신 끄덕거리며
흔들거리는 양팔을 흔들리게 하는 힘을 가지고

일 년에 한 번 오는 첫눈보다 수시로 내리는 비가 좋다
일 년에 한 번 트리가 되는 나무보다 뾰족하지 않은 낙엽이 좋다
세 가지 소원을 말하기보다 세 가지 비밀을 갖는 쪽을 택했다

오늘은 아무도 밉지 않았다 하루하루가 일회용

품처럼 영구적으로 처리가 안 되었다

살의를 느껴본 적 없는 사람들이 사는 마을이 아니라, 살의를 숨길 줄 아는 사람들의 도시에서 텀블러에 아메리카노를 채우려고 줄을 섰다 사람의 체온보다 햇살의 크기보다 커피의 농도가 중요했다

자신의 인생을 8분 50초로 요약한 독립영화 감독의 작품을 보고 나서 영화에 나오던 맥락 없는 섹스 장면처럼 간헐적 단식을 결심했다
둘은 셋보다 배반하기 쉽다는 생각을 했고 주석으로 만든 부엉이가 지혜를 준다는 말을 믿지 않았다

나는 해변에서 너의 이름을 쓰고 파도가 지울 때까지 기다렸다 글자가 지워져도 떠내려가지 않은

돌멩이를 주머니에 넣었다 빈 콜라병에 남은 일회용 스트로도 주머니에 넣었다 어울리지 않는 둘은 서로를 해치지 않았다

모래를 샀다 벌크형으로 주문했다 내 고양이와 보낼 마지막 며칠을 위하여 나는 화분을 버렸고 반려동물도 다른 사람에게 준다

작은 범위에서 움직인다 도착한 옷장은 조립하기 어려웠고 설명서는 완벽했다

이따금 엄지와 검지를 펼쳐 관자놀이에 갖다 대기도 했지만 돌연 폭발하는 기쁨을 기다렸다 다섯 손가락은 공평하게 시려웠고

4번 출구에서 직진했지만 너는 없었다
멀리서 보면 너였지만
더 멀리서 보면 네가 나였다 일회용 앞치마 같은
느슨한 셔츠를 입고 너는 적당한 거리를 좋아했고
나는 극단적인 모서리였다
누가 더 불행할까 부끄러움과 침울을 경주했다

환한 분수대가 있었다 환희를 느끼는
배관공은 아직도 오지 않았다
영도를 기다린다

시월에서 구월까지

턱에 보철을 끼운 후의 식사처럼 날마다 견고한 게 모자랐다.

나의 발음과 억양은 입술을 닦은 휴지 위에 쓴 글자 같았다.

거무스름한 떡갈나무 그림자 위로 비가 내렸다.

은과 놋이 있다면 예물을 담아드리겠지만,

누구에게도 드릴 게 없어요.

누구에게도 할 말이 아니었습니다.

봉합한 잇몸을 자꾸 혀로 확인했기 때문에 은밀한 기분은 아물지 않았다.

오후에 당신은 말했지요,

앉아 있다고 되는 일이 아닙니다.

맞은편은 이상하게 헤어지는 형식의 자리 같아요.

영원히 사람을 기다리는 망명자의 표정을 내가 지녔습니까?

나는 과일절임을 준비하려고 나만 아는 나무를 심었다.

마지못해 당신은 알려준다, 혼자 아는 기쁨을 나누기라도 하려는 듯.

이곳에서 오천 미터 떨어진 곳에는 숲이 있어요. 아무도 파헤쳐서 망가뜨리고 않았다면 과실수가, 고독과 좌절이, 반구형의 옥탑이 있는 마을이죠.

턱에 보철을 끼운 후의 입속처럼 날마다 헹궈야 할 게 모자랐다. 한꺼번에 옷을 삶고 우울한 표정을 표백제에 담근다.

그래요, 난 이곳을 떠나고 싶습니다. 맞은편 검은 연기와 불길이 솟았던 빵집 건물을 잊겠어요. 작정한다고 잊을 수 있는 건 아니지만 나는 폭발 잔해 가득한 이곳에서 가까스로 사계절을 버텼습니다.

이왕 간다면, 당신이 바라보며 그리는 숲을 보겠어요. 일찍 사라져버린 문양을 가진 의자에 기대 마주 보는 자리에서, 그리고 기다릴게요, 저녁부터 저물녘까지.

그들이 그녀에게 말하는 것

네가 극장으로 나를 초대한 것은 이월의 어느 저녁이었다

검은 문이 있었다
주춤거렸을 것이다
가느다란 섬광이 흘러나오지 않았다면
골목으로 밀려온 혹독하며 지루하기 짝이 없는 바람이 아니었다면

슈테판이라고 자신을 소개한 사람이 내게 어떻게 찾아왔는지 질문했을 때 나는 목소리가 나오지 않았다
그가 나를 분장실로 안내했다 그는 걸쭉하고 달콤한 백포도주를 불투명한 잔에 따랐다

너를 초대한 그녀는 섬뜩한 심장병으로 어젯밤에 여기서 죽음을 향해 미끄러졌지

찬란한 빛을 쌍곡선으로 그리며 갈까마귀가 날아다녔다 나는 이상한 크리스찬 로스의 화장품을 얼굴에 발랐다

내 어깨 위에 앉은 새가 너의 새인지 모른다고 생각했다 나는 객석의 의자들을 접고 깜빡거리는 둥근 전구 아래 오래 서 있었다

밤에는 하체가 부어 걸을 수 없었다 미열 상태로 아무도 떠나지 않는 극장을 지켰다 슈테판과 직접 접촉하지 않았다 내일은 내일 밤을 괴롭히기 위해 있었다

세월이 지나 방문객들에게 짧은 시를 지어 헌정하는 시인이 등장하는 드라마를 쓸 것이다 나를 사랑하는 인물은 내가 짓지 않으면 존재하지 않는다

더 많은 낙인을 주겠지

내가 쓰는 드라마에는 아직까지도 부모가 등장하고 시골이 배경으로 존재한다 이것은 비밀이 아니라 비극이다

저 불쌍한 영혼을 돌보소서 슈테판은 나를 볼 때마다 문 앞에서 말한다 잡동사니를 파헤쳐 연필을 찾았다 굴과 조개가 자라는 회색 벽이 있는 방에서 글을 쓴다

불은 꺼진 적 없고 온통 빛으로 싸인 방이다 시계가 없기 때문에 책상이 배송될 날짜를 알지 못한다 간호사 분장을 한 사람들이 머리 삶은 국을 마시라고 한다

섬망이 아니에요
망각이 생존의 필수조건이 아니에요

강제로 감각이 예민해졌다 문을 잠가도 입구가 보였다

1막 1장

뇌우는 천둥과 번개를 동반한다
시골 단층 사진관 안에서
두 사람이 대화를 하고 있다
하면 할수록 어려워요
숙련된다면 기술이지
아름다운 건 더럽게 어려운 거야
쉽게 느는 게 아니라고
기술과 예술의 차이를 말하는
두 사람을 나는 못 본 척한다
비가 그치기 전에 현상됩니다
아래에서 사람이 등장한다
무대 뒤에도 사람이 있다
극은 짧고
일반적으로 사랑을 다룬다

누수 그리고 단수

#1

방랑도 사랑도 일도 때가 있다는 말
들은 말을 옮기는 나이가 되었다

미약한 공감력으로 감동 제조업자가 되던데

네게 가고 싶지만 다리가 저리고
울고 싶어도 눈물이 안 나온다던
말을 실감하는 시간이 다가온다
그녀도 부드러운 뺨으로 노후를 느껴본 적 없는
사람인 적 있었을 텐데

에어컨에서 물이 샌다 어지간하면 참다가
고장 난 것을 알게 될 때는 그것이 꼭 필요한 폭염

눈보라를 바라보며 강은 왜 격렬하지 않은지 왜 흘러가며 이름이 바뀌는지 궁금했던 계절이 다 지난 후

빨간 껍질을 뚫고 나온 사과는 더 이상 사과가 아니니까

서비스 기사가 펌프를 교체해야 한다고 말한다

물을 길어 올려 빼내는 힘이 부족한 부품만 바꾸면 된다고

나는 웃었다 그녀도 몸을 흔들며 웃었다

자꾸 끄덕거려서 버리려던 책상도 다리 한 개만 손봐주면 오래 쓸 수 있다는 말을 들었을 때처럼

웃는 동안 눈물이 작동했다

#2

집으로 가는 것이었다
그녀의 마지막 소원은
중환자실에서 내 손을 잡고 들리지 않는 목소리로 말했다
네 집에 가자 집에 데려다줘
병을 고치러 간 병원에서 여자가 눈을 가늘게 뜬 채 돌아가셨다

관을 매고 산으로 가던 이들이 소나무 관이라서 무거우니 쉬어 간다고 했다
내려놓은 관이 움직이지 않는다며 돈 봉투를 뿌려달라고 했다
함잡이들이 짓궂게 가족들과 실랑이를 벌이는

것 같았다

네 집은 멀어? 이런 모텔 말고 네 집에서 자고 싶다
어제 저녁에 뭐 했어? 왜 전화 안 받았니?
기억이 안 나

범죄자들이나 철저한 알리바이를 만들지
가까스로 미지의 계절을 꿈꾸지 않는 사람이 되어 집으로 돌아갔을 때
자그마한 모포를 두르고 모로 누워 있을 때

추격당하던 무고한 도망자가 집에서 생포되는 영화를 보았다
양철 냄비 안에서 어죽이 끓고 있던 저녁이었다

연어가 회귀하는 곳에서 플래시를 켜고 기다리는 어부 아닌 사람들
둥근 식탁에 앉아 둘이 식은 죽을 먹었던
여러 해 전

코 위의 점은 빼도 그 자리에 생겼다

그녀와 나는
묶어놓은 배와 물결 사이 얼음처럼

너는 언제나 아름다웠지만
한 번도 예쁘지 않았다

유일신을 발명한 사람들이 사랑도 유일해야 한다고 가르쳤나 태초를 말하는 사람들이 첫 마음을 받들었겠지 여기까지 쓰고 나는 내 지하실에 우유를 붓는다 우유를 많이 먹으면 서양 사람처럼 하얘지고 키도 큰단다 나를 낳지 않은 어머니는 젖이 돌지 않았으니까 어머니들은 거짓말을 잘하니까

지하실 안에는 통조림 제품이 가득 쌓여 있다 전쟁을 걱정하던 할아버지가 모아놓고 돌아가셨다 어머니와 나는 숟가락을 들고 하루에 세 캔씩 뚜껑을 연다 언제나 그 속은 텅 비어 있다 하지만 우리는 따는 것을 멈추지 않는다

당신은 예쁘지 않았지만 남자들이 집적거렸다
당신은 한 번도 예쁜 적이 없었을 것이다 성폭행을

당하여서 인생을 막사는 건 아니겠지

내가 미군이 버린 깡통처럼 뒹굴고 있을 때 친구를 사귀었다 그 애는 흑인이었는데 우리가 얼굴을 비빌 때마다 그 애의 머리칼이 내 뺨과 이마를 할퀴어 나는 피범벅이 되었다 상관없었다 그 애의 억세며 곱슬곱슬한 머리칼은 매력적이었지만 촘촘히 땋지 않으면 자기 머릿속으로 파고든다고 했다 나의 어머니는 원래 속눈썹이 자꾸 눈을 찔러서 언제나 피멍이 들어 있었다 아버지가 패지 않아도 내 친구가 서양에서 왔다는 말을 어머니는 믿지 않았다

내 어머니들은 나를 버린 어머니를 한 번도 욕하지 않았다 트로트를 틀어놓고 춤을 추는 할머니가 될 때까지 할머니들은 예쁘지 않았고 전쟁을 겪었

으며 부스스 살아남았다 혼자서 한글을 깨친 이는 깨진 장독으로 이름을 썼다

나는 영도다리 밑에서 주운 깡통에서 나온 애

어머니와 친구와 나는 통조림을 하나씩 들고 있다 처음이라든가 오로지라는 언어처럼 흔들어보면 묵직한데 개봉하면 아무것도 없다 아버지가 어머니를 죽였다는 소문처럼 하루도 빠짐없이 날이 밝는다 신기하지 않니? 타인처럼 나는 나를 낳지 않은 어머니마저 사랑한다 어머니는 나와 내 친구들을 똑같이 사랑한다

당신이 잠든 사이

나체로 뛰어가는데
나무도 건물도 없겠지
숨을 곳을 찾아 숨을 몰아쉬며
전속력으로 달리는 거겠지

버스가 휴게소에 도착할 때쯤 이 사람을 깨우리라

당신은 지나치게 코를 골고 있다 방금 키스한 듯 빨갛게 번진 입술을 벌린 채

보는 사람만 시원해지는 치마를 입고
도무지 밉지 않은 소리를 내며
스스로 속도와 키를 조절한다
이 소리는 조용한 버스에서 아이스커피를 쭉 들이켠 후 얼음만 남은 플라스틱 컵에 빨대를 꽂고 얼음

물을 힘껏 반복적으로 빨아들이는 소리와 흡사하다

잠들기 전까지 이 사람은 보험을 권유하고 있었다 이 사람 저 사람에게 전화를 걸었지만 친구도 친인척도 없었다

호감이 가는 외모는 아니었다

눈이 빨갛고 손등이 거칠었다

저녁이 다 가기 전에 달성해야 할 목표가 있었다

사람들은 단지 우리가 다리 네 개 달린 여우나 늑대인 줄 알겠지만

이 여자는 나에게 비보장형 생리적 현상으로 복수를 하려는 걸까 복수가 용서보다 어려운 줄 모르는 걸까

부장에게 사장에게 하지 못한 항의를 잠결에 옆자리에

다이렉트도 평생 안심도 안 믿는 처음 보는 여자에게
누가 봐도 나란히 앉은 자매 같겠지

곤히 잠드는 이는 없었다 몸부림치거나 이를 악물거나 갈거나
숨넘어갈 듯 코를 고는 이들 곁이었다 울부짖는 잠꼬대가 밤의 부드러운 소음보다 좋았다

당신이 코를 골다가 갑자기 호흡을 멈추게 될까봐 나는 비스듬히 귀를 기울인다

잠적

3주 뒤에 그녀는 떠올랐다
다리 근처에서 아이들이 시신을 발견하였다

그녀의 애인은 말했다
바다로 떠밀려 가기를 바랐다고

강을 따라 걷지 않았다
길은 찾지 않아도 길이 많았다
일요일이라서 떠나지 않았다

이마를 기울인 몽상가처럼
기울어가는 책방에서 비를 보았다

넌 누구와도 사흘도 못 살 사람이야
애인이 아닌 사람이 나에게 말했다

숨이 멎을 듯한 아름다움은 뭘까
부력은 충분했고
나는 잠기지 않았다

눈은 감겨야 쓸모 있는데
잠기는 힘이 사라진 것처럼

눈에 띄지 않으려면 살아 있어야 할까
나는 시체라서 자꾸 떠오르고
누구와 하루도 사라지지 못했다

비하인드 스토리

우리는 낙선한 작품을 전시했다 아무도 우리를 추천하지 않았다

작은 탁자 맞은편에 네가 앉아 있었다 그 부분을 지우고 시체를 그려 넣었다

내 인생의 주인이 나였던 적 있었던가

개막을 하루 앞두고 구역질했다 막창에 대한 연민 때문이 아닌데 계산대로 가며 지저분한 주방을 들여다보았기 때문일까

곧바로 오는 반응이 낫다 어쩌면 그 고목은 어린 나무일 때 맞은 폭우와 번개로 죽었을지 모른다 당시에 못 느꼈던 교통사고 후유증을 하소연하듯 봉

합했던 기억이 뒤늦게 선명해진다

동일 인물일까 평소 이웃의 평판 좋은 강간범 초기의 화풍을 버리고 성공한 화가 교수

불로소득으로 불로장생하는 사람들의 비하인드 스토리도 눈물겨울까 어떤 게 더 어려울까
자막이 없는 스페인 영화를 보는 것과 반응이 좋은 그림을 시리즈로 내는 작가의 강연을 듣는 것

나는 그가 끝났다고 생각했다 아무 증거가 없어 그는 성공했다 이 자리에 그가 있다 등을 돌린 채 저기 상석에

내 마음엔 중심이 없어서 중앙부에 앉는 대표자

가 없다 동심원 없는 파문이 번진다

나는 가능한 입을 열지 않겠다 과묵한 게 아니라 화제도 지식도 없는 학자처럼 미소 머금은 거절의 말을 허락으로 이해하는 남자처럼

나로 인해 행복한 사람이 많았다 나는 추락했으므로 나는 내 인생의 주인도 시위대도 아니고 친구들의 장난감도 아니고

삽시간에 사무친다

두상만 한 코코넛에 빨대를 꽂고 이래도 되나 사물의 형태는 변하지 않았는데 쓴물 단물 잔존마저도

피처링

고칠 수 있는데 버렸다
무수한 종이 다발

책을 쏟아놓고 와르르

가방을 들고 오줌 누다가 엉덩이에 날개가 돋아
난 죄밖에

사실 두 짝은 가벽
다른 두 짝은 통유리벽

유리에 붙어 파닥거리다가
천장에 붙었다가 쿵 떨어지기도 하지
법석이야
그럴 땐 가벽 너머에서 손찌검 소리가 멈춰

실로 무궁무진한 얘기들
실은 어마어마하게 작은 입술들
하나 마나 한 소리
하나 마나 한 섹스 같아

택시가 가지 않았다
너무 가까운 거리라서
나를 연장한다

속치마 안 입어
앞치마를 입거든
뒤에서 리본을 묶고
의자를 옮겨
어서 오세요

구경하러 오는 사람들에게
끝없이 다정하게
딱히 예의 바르지는 않아

어린이 성가대 지휘자처럼
손을 떠네

각진 쟁반을 내려놓는다
꺼져가는 자아에 관한 매우 사소한 숨을 한 번

난간을 난관으로 쓰지 말자
허밍은 허망하게
마감은 아홉 시 반에

알바천국

다른 델 알아봐요 나는 발길을 돌려 자갈길로 간다 우글거리는 쥐 떼를 몰고

반목조 건물처럼 어정쩡한 나이
경정비도 가능한 주유소 뒤에 여대생 안마소가 있고 위층엔 러시아 미녀가 사는 나의 빌리지

재 좀 봐 뒤로 물러서세요 나를 보는 사람마다 전철 안내방송하듯 하지 아아, 우리 같이 뭐 좀 먹을래요? 이들은 피하네 검지를 코 아래 붙인 채

피리 때문이 아니에요 애들은 쥐구멍이 필요한 그림자 같은 거죠 제 꿈을 돕는걸요 꿈꾸느라 잠 못 자는 나는 쥐를 몰고 다른 식당으로 가본다

신발은 없지만 발은 있어서 오물이 범벅이다 부숴버릴 창문도 없는 나의 천국으로 아무도 안 넘어온다 그런데 누가 밤마다 내 피리를 훔쳐 갈까

만약 식당에 취직할 수 있다면 손님이 남긴 냉면을 먹을 텐데 가까이 오지 않는 사람들과도 동네 고양이들과도 잘 지내야지 너무나 고마워요 나의 입버릇하며

레시피는 남아도는데 재료도 부엌도 없다니, 이 밤에 나는 홀쭉한 길고양이 흉내로 담장 위를 걸어보고 수탉 걸음걸이로 종탑 위에 올라가지만 종을 치지는 않는다 종지기도 먹고살아야지 다만 엎드린다 종종 죽은 척한다

때 묻은 담요처럼 그림자를 끌어 덮으면 습지에서 올라오는 쥐 떼들 격리된 방 안에서 건너편 건물을 올려다본다 내가 못 보게 불 끄거나 아래 칸 커튼을 치는 세계 쥐가 사는 헛간으로 밤을 초대한다 내가 나를 계속 좋아할 수 있도록

잠실

나는 오랜 팬이 아니다
맥주 한 잔 들고
응원가를 부르지만
다 외울 즈음 이동한다
방에서 재배되지 않는다

네가 응원하는 팀을 나도 응원한다
이토록 열렬히
어제까지 입었던 다른 구단의 유니폼을 버리고
소신이 없다

어제저녁에 나는 전속력으로 달렸다
빙하 녹은 물에 사는 연어가 가장 맛있었다고
물이 너무 차가우니까 연어도 죽지 않으려고 파닥거리다 보니 살이 탄탄하다고 했다

척박한 땅의 나무가 뿌리 깊은 이유와 마찬가지라며
여행에서 돌아온 사람은 해박했다
향수 뿌리는 소리가 잘 들리는 공간이었다

선수들은 샤워장으로 간다
사랑이 지난 후 사랑은 어디로 갈까
빙하기가 끝난 후 빙하는 어디로 갈까

입에서 치실을 뽑아낸다
말의 비단실타래는 모르겠다
누구를 위해 전속력으로 파닥거리느냐고 스스로에게 물어볼 뻔했다

자정이 지난 시간의 버스 안에서 유니폼이 부끄

러웠다

규칙이 뭘까

버스는 아무도 없는 정류장에 설 때도 있었고 안 설 때도 있었다

광기의 다이아몬드에 빛을*

그러나
애인의 손에 죽지 않았어요
차가 벼랑에서 떨어지지 않았고요

우리가 가까스로 어른이 아니었을 때

담을 넘어온 남자가 문을 열고
제 발로 나갈 때까지 타일렀거든요
내일도 있고 내년도 있어 내게도 가슴이 생길 거야
발로는 엉덩이를 걷어찼죠
술 취했기 때문에
제정신은 없는 거니까

내 광기는 오만과 참을성에 감싸여 쇳덩이로 변했고

내 영혼은 다이아몬드처럼 실마리조차 없어졌어요

그리하여
숨은 신은 계속 숨어서 살피시고
여비가 바닥나서 길바닥에서 죽든가
타인의 목걸이를 훔친다 해도

눈을 꽉 감고 평생 아르바이트로 생계를 유지하겠나이다, 아멘
숫자는 안 돼요, 출금액을 쓸 때는 한글로 쓰세요, 도둑년
강도 새끼 인연의 철조망 타고 넘어와서 뺏어 간 것은 1백 캐럿 거짓과 저주, 조롱
더 이상 서술할 불행이 없는 나날

광기가, 가득한 우울이 철학의 환한 숯 되지 않게 하소서

그가 잠든 내 머리칼을 만질 때
전신으로 번지는 소름과 감촉은, 이 흥분은 뭐죠?
머리칼에 발톱에 신경이 없다던데
어묵 같아
더 이상 포도밭에선 살 수 없어요

10월은 1월의 뒤집힌 버전
어제는 내일의 데칼코마니
오늘 수면제 과용으로 죽지 않을 거예요
혁명가에게 피살될 일은 없겠죠
음반으로 만들어도 벽은 벽이란 말이죠

다시 젠장 1월이 오고

깊은 새벽 술에 취해 찾아온 남자가 내 빨간 발닦개에 토사물을 쏟아도

초콜릿처럼 달고 까만 그의 눈알이 흘러내릴 때까지

벌써 잠옷용 추리닝은 벗겨졌으나

그래도 더러운 팬티나마 그러쥐고

그사이, 포도알만 한 눈물 뚝뚝, 매각

꺼림칙하게 우리는 죽습니다

보석상은 다이아몬드를 커트하고

현금을 세며 나도 단두대로 가는 중이죠

가장 섬세한 손은 돈을 세는 손

궤짝째 포도를 팔며 외삼촌은 말했어요

나는 초콜릿을 까먹었죠 깜깜한 밭에 앉아

포도를 감싼 흰 종이처럼 너울너울 우박이 쏟아져서

다 망할 날을 기다렸어요

담을 넘어와 벌거벗던 그 남자

아이도 어른도 아닌 지금 다시 온다면

넌 커서 뭐가 되고 싶니?

머리카락 만지며 한 번 더 묻는다면

* Pink Floyd, 「Shine On You Crazy Diamond」

너를 기다리는 동안

폭우가 내렸다. 그날 밤 너는 집에 오지 않았다. 나는 너를 기다리며 컵케이크를 구웠다.

너를 기다리며 나는 책을 팔았다. 친구를 사귀었다. 그를 데리고 온 이가 말했다. 이 친구는 치유가 필요한 사람이에요. 수척한 사람이 흰 셔츠의 하얀 단추를 만지고 있었다.

나는 체리를 사러 가서 손금을 보았다. 네가 돌아올는지 묻지 않았다. 체리주를 넣어 케이크를 만들었다.

생일에는 배가 지나갔다. 나는 블랙커피로 돌아갔고 커피는 내 갈색 눈에 좋았다. 어딘가로 떠나기 위해 짐을 꾸렸지만 가지 않았다. 비둘기가 종이를 쪼았다. 나는 표를 입에 물고 아침 항구에서 커피를 샀다.

너와 걷던 골목길에 능소화가 피었다. 그 꽃은 뿌리에서 멀리 갔다. 뿌리로부터 멀어질수록 신비한 빛깔을 띠었다. 벽돌담 너머 강둑을 지나 보이지 않을 때까지.

너를 기다리지 않았어도 폭우는 내렸을 것이다. 그날 밤 너는 집에 오지 않았다. 나는 너를 기다리며 컵케이크와 고기를 구웠다. 허파와 간을 먹었다. 꼬챙이에 꿴 고기 위로 비가 내렸다.

너를 기다리며 나는 노래하지 않았다. 문밖에서 노랫소리가 들려왔다. 아말리아가 절대 늦지 않았다고 했다. 그래, 어서 가세요. 내일 또 한 마리 가져다줄 거죠?

너를 기다리는 동안, 너를 기다리며 문밖을 서성이는 동안, 내가 너를 기다린다고 생각하는 동안, 감정의 색감 차트는 어긋난다. 핑크도 보라도 아닌 저 컬러는 뭐니? 조용한 주택가에서 네가 물었을 때 벽돌담 아래 떨어진 능소화가 가장 아름다웠다.

너의 눈 속에 티끌이 있었다. 너의 눈동자 속에 내 인생의 한 토막이 걸려 있었다. 네 눈동자는 해질 때까지 토마토처럼 빨갛게 탔다.

내 뺨은 빨갛지 않다. 기다리는지 아닌지 모르겠다. 이제 나는 메이크업하지 않는다. 너를 기다리는 동안 내추럴하게. 날씬하게 보이려고 코르셋을 입을 일 없다. 브래지어도 버린 지 오래다. 가슴을 압박하지 않는다. 느슨하게 오래

너를 기다리는 건 뜻하지 않은 여행 같다. 덧없는 순간, 아침이 온다. 비가 온다. 기다리지 않아도 오고, 부르지 않아도 오는 것을 이해하게 되었을 때, 우리는 거꾸로 변할까? 빈 항구에서 물구나무 서줄 거니? 끝없이 변하는 날 바라보는 것, 스쳐가며 사라지는 풍경에 관해 원래 없었던 거라고 말하지는 않는다.

후문

자고 일어나니 키가 줄어들었다 손발이 저리더니 남자가 돌아왔다 아무 이유 없이 분노가 치밀었다 악수를 하는 동안 이름이 기억나지 않았다 식은 땀이 흐르고 몸이 떨리더니 뻔뻔해졌다

하루 더 자고 일어나니 사람이 되어 있었다 무기력했다 옆에 연인이 있어도 항문을 핥아대지 않았다 그도 그녀도 아니었다 나귀 가죽을 쓰고 있다가 도망친 체호프처럼 뒷문이 필요했다

젊었던 적 없다가 불시에 늙었다 성적으로 개방적이었던 적 없이 살다가 매뉴얼대로 여자도 남자도 아닌 사람이 되었다 나는 꿈꾸지 않아서 살아남았다 별안간 빚쟁이들이 들이닥쳤다 급전을 쓰는 게 아니었다

도망치는 신세다 내 발을 내가 핥는다 어떤 동물의 가능성으로부터 빠져나갈 방도가 없다 기약도 없고 원칙도 없이 후문을 찾아 지상을 뛰어다닌다 다행히도 고통을 다시 느낀다

어두운 여름

가방에서 정어리 통조림 국물 냄새가 났다
손을 씻고 누워 어깨를 만졌다

그때 나는 뼈가 그다지 하얗지 않았다는 걸 알지 못했다
여름의 조각들처럼 수습할 수 없었다

바닷가에서 세상에서 가장 달콤한 와인을 마셨다
바닷가에는 커다란 빵 공장이 있었다
하얀 작업복에 마스크를 한 청년의 얼굴과 그가 밀가루를 만지는 손놀림을 통유리를 통해 구경할 수 있었다
나는 화상을 입어도 모를 만큼 차갑게 몰두했다
햇볕에 불타 죽은 사람도 있다고 했다
사랑도 자살처럼 자꾸 시도하게 된다

애완견을 버리려고 떠난 바캉스처럼 더 먼 곳으로 갔어야 했을까
창가에 수영복을 널어두고 작은 화분들을 들여놓는 저녁에

영원히 돌아오는 사람이 있었다

사진으로 봤던 사람이 울고 있었다
나와 만난 적 없이 나를 증오하는 사람은 무슨 감정일까
기분의 비린내는 눈물에도 씻기지 않았지만
너무 많이 울고 난 후에는 눈물이 마른다는 말을 이해했다
시신을 불태우는 동안 우리는 노란색 식권을 받

고 울음을 그쳤다

　통유리 안에서 흰 마스크를 한 사람이 회색 가루를 쓸어 담고 있었다

주인

보세요, 나도 날짜를 지키고 싶다고요. 정말 며칠씩 미루는 건 제 체질이 아니죠. 그치만 부가가치세까지 달라시니 어처구니가…… 아니, 매달 2백만 원을 무슨 수로 만드냐고요.

쾅 하며 탁자를 내리친 건 아니다. 나는 단지 사과나무 탁자에 앉아 사과를 쪼개고 있었다. 애원하고 싶었다.

왜 대부분의 과실은 구형인지,

언덕에서 낙과를 주워주시던 할머니에게 나는 물어본 적이 있다.

그때의 천재는 백도보다 커다란 원형탈모를 앓는 무른 인간이 되었다.

머리는 빠져도, 뿌리가 없어도 슬픔은 자란다고

쓸 뻔했다.

점점 원을 그리듯이 나는 싫어하는 어른 어투를 흉내 낸다.

주인은 검은색 중절모를 손에 쥐고 모자를 찾는다. 오늘은 지팡이를 들고 오지 않았다. 그가 자신의 이름을 잊어버리는 날에도 월세 날짜는 챙길 거라고 나는 생각한다.

퇴실할 때는 원상복구할게요.

유리창 너머 짙은 안개가 가득한 오후였다. 나는 주인이 안개를 건드리다 넘어지기를 바랐다. 아니다, 차라리 내가 폭삭 망하기를 바랐다. 그는 건널목을 건너 축제가 열리는 호수공원을 향해 갔다.

나의 반려가 도망간 밤이 있었다. 나는 야간 개장하는 공원에서 폭죽들 터지는 걸 보고 있었다. 나를 안고 있던 그 애가 내 품에서 뛰어내려 숲속으로 달려갔다. 그때까지 개는 그렇게 빠른 애가 아니었다. 여름밤에 여름 나무는 여름 나무들끼리 얼기설기 엮여 있었다. 청력이 뛰어나 폭죽 소리를 못 견뎠던 나의 개는 영원히 내 음성을 잊은 걸까.

나는 쓰러지기 위해 일어섰다고 말하고 싶지는 않다. 테이블이 되려고 나무가 되지는 않았을 사과씨처럼. 나는 내일을 계산하기보다 방금 돈을 내지 않고 나간 손님을 잡으러 가야 한다.

폭죽은 터지기 위해 태어나고 통조림은 따지기

위해 생산되고 이따위 문장을 나는 왜 쓰는가. 어느 늦은 저녁에 나는 주인이 죽기를 바라는 사람의 종이 된다. 나와 개는 평등했다.

중성화 수술을 안 시켰다면 새끼 빼는 공장으로 잡혀갔을 나의 여름. 그 애의 이름을 봄이라고 지었어도 우리는 꽃밭에서 헤어졌겠지. 나는 두뇌라는 칩이 심겼지만 영혼은 어디 빠뜨린 거 같다. 주인이 없는 개처럼 영원히.

반신

밤에 새를 본다
새가 앉는 가지는 조금 움직인다

밤에 물에 들어간다
책을 가지고

수레에 책을 싣고 빗길을 갔던 날처럼
비닐로 책을 감쌌다
이십 대엔 모든 책에 커버를 씌웠다

책을 팔면서부터 책에 들어가지 않는다
철처럼 단단한 선반에는 앉지 않는다

지워질 운명
천연이라든가 다이얼이라든가

오래 쓰지 않은 비누에는 사라질 골목의 지도가 그려져 있다

속성은 무엇일까
아래는 물
위는 공기

나는 분해될 난해한 책
당장 신이 읽기에도 난처하겠지

오해하는 오후

천변을 걷는다 추리닝 위에 코트 차림 춥구나 왜가리 한 마리 서 있다 외로운 느낌을 주려고 서 있는 게 아닐 텐데 외로울 것 같다고 나는 느낀다 부여하는 어떤 마음도 한 개 어휘와 매치가 안 된다 어젯밤 술을 많이 마시고 동일시하지 말라고 소리쳤던 기억이 난다 최대한 발소리를 죽이느라 멈춰섰지만 왜가리는 날아간다 날아가지 마 날 버리지마 지난밤 술을 마시고

나는 나무를 붙잡고 있다 무슨 나무인지 짐작은 가지만 이름 맞히긴 섣부르다 다시 천변을 걸어간다 비슷한 나무가 비슷한 간격으로 있다 나중에 불러줄게 사람들이 멋대로 붙인 이름이긴 하지만 너 혼자의 이름도 아니지만 조만간 꽃을 피우겠지 미안하지만 난 말이지 부끄럽게도 꽃을 봐야 나무를

알 수 있단다 기다릴게 남아서 섣불리 서로를 오해
하지 않도록

몸을 숨긴 연인들은 버릴 게 없고

편해서 좋지 나는 너의 낡고 헐렁한 드로즈 팬티를 입는다 이젠 꽉 끼는 깔끔한 게 부담스럽다 나는 너의 희끄무레한 셔츠를 입고 조끼를 걸친다 부주의하고 어설픈 수비대원 같다

철거반입니다 당신 소지품을 챙겨 나오시오
우크라이나에서 온 우쿨렐레 연주자입니다
당신 노래를 들려주시오

놀라게 하거나 말장난하면 너는 흥분한다 내가 침대에서 부드럽게 욕설 같은 걸 하면 너는 한 번 더 말해줘 나를 빨아들인다 나는 너덜너덜하다 나는 줄이 잘 풀린다 수명이 다한 악기 같다

대부분의 사람들이 사랑의 격렬함을 가지는 건

아니다 사실 사랑에 진절머리가 난 인간으로서 하는 말인데 넌더리는 초월처럼 한 번 만에 완성되지 않는다 나는 숨을 멈추게 하는 재미를 좋아하지만 온전히 끝까지 사랑을 잊지 않기 위해 애초에 기억하지 않는다

모든 것이 녹는다 반지를 녹여 해바라기를 심었다 가끔 네가 날 뭐라 생각하는지 모르겠다고 말할 때면 난 잠시 침묵한다 버릴 게 없는 사람이죠 나는 창가에서 여름을 본다 난 네가 시간에 녹지 않는 물건을 훔쳐 오면 좋겠다

나는 너의 팬티를 입고 창가에 서 있다 구아바 상자 안의 상한 구아바색 여름이다 뿌리와 꽃 열매까지 모두 먹을 수 있는 식물은 훌륭하다 버릴 게

없는 생선처럼 버릴 게 없는 문장을 썼다는 소설가
처럼 참 훌륭하다 못해 비참하다

심혈을 기울인다는 말에서도 슬픔을 느낀다 우
리는 도망자처럼 행동하지만 일상은 의외로 평범하
다 구아바 상자 위의 이구아나처럼 나는 너에게 붙
어 있다 비슷한 빛으로 비슷한 소리를 내며 끔찍한
웃음과 흐느낌의 혼동 속에서

대부분의 사람들이 느끼는 기분으로 대다수의
사람들이 상상하는 지독히 음란한 상상을 하면서
너를 만난 이후 모든 걸 망쳤어 망해간다는 말을 뱉
지 않은 채

비슷한 것끼리 붙어 있으면 더 빨리 상하는 법이

죠 더할 나위 없이 상해서 건질 게 없어지면 우리를
이용 가치 없다고 버리지 않을까요

진짜로 하고 싶은데 너무 하기 싫은 일을 피해서
나는 너의 검은 외투를 입고 얇고 긴 넥타이를 맨다
우리는 항상 검은 외투를 쓰고 비탈에 있는 계단으
로 갔다 버릴 게 하나 없는 강가에서 버릴 게 하나
없는 사람들이 버릴 게 하나 없는 물고기를 낚고 있
었다 벌거벗은 아이들이 버릴 게 하나 없는 노래를
불렀다 나는 취할 게 하나 없는 사람을 잃은 후

안에 누가 있습니까? 당신 소지품을 챙겨 나
오시오
내 짐은 항상 걸리적거리는데 왜 버릴 게 하
나 없을까

어린 시절 집 앞에서 사람들이 소를 보며 말했다 소는 쟁기질을 끝내고 돌아오고 있었다 머리부터 꼬리까지 버릴 게 없는 가축이라고 했다 시체들이 흘러가는 강가가 보였다

버릴 것만 가득한 인생을 꿈꾸었다.
마음으로만 살해했다는 뜻이 아니다
그러나 우리의 일상은 의외로 평범하다
햇볕에 데워진 돌계단에 뺨을 대고

공포와 넘치는 관능 너는 내 몸 아래 깔려 있다 사람들은 매일 결합하면서 왜 비밀로 하는 걸까 만난 이후 망해가고 함께 있으면 축이 나고 헐었다 둘 중 하나는 상태가 좋지 않다는 증거 같았다 비슷한

것끼리 붙어 있으면 진짜로 하고 싶은 노래가 있었고 너무 짓기 싫었다

폴 델보의 야간열차
—지옥의 문

1

카미유가 살던 집 앞에 갔다. 내가 마을을 걸어 호숫가로 가서 물건을 팔기 전이었다. 강가에 있는 크림색 건물에는 그녀가 직접 채소를 길렀을 것 같은 발코니가 보였다.

—나 좀 봐요, 이게 다 시들어가요.

소녀가 걸어가며 외쳤다.
—Achetez des fleurs!
슬리퍼를 신은
장미꽃잎처럼 붉은 뺨을 가진 아이였다.

—어이, 단발머리 아가씨, 나는 책을 팝니다만

당신은 꽃을 파는 사람이오?

—책이야 오늘 못 팔아도 시들어서 버릴 일은 없죠. 꽃은 지금이 아니면 끝. 내 엄마는 30여 년 꽃가게를 하다가 병들었답니다. 그 세월만큼 정신병원에 갇혔던 할머니보다는 낫지만.

카미유가 창문을 열고 말했다. 이 밤에 꽃 장수랑 책 장수가 내 방 앞에서 뭐 하는 거예요? 근데 궁금한 게 있는데, 요새도 여자를 꽃잎에 비유하는 이들이 있나요? 여류 작가라고 부르는 능청스러운 작자들, 내 작품을 자신의 이름으로 전시하는 자들을 말하는 건 아니에요. 선생 덕으로 단기간에 정상에 선 작가라며 내 험담을 하고 다니는 자들도 아니고요.

—그러면 당신을 영감의 원천이라고 말하며 우려먹은 그 영감탱이를 말하는 거요?

—누구를 말하는 거죠? 내가 사랑을 믿지 않았을 때 내겐 의심이 없었어요. 수많은 단꿈을 꾸며 돌 속에 사랑을 새겨 넣었을 뿐…….

탁 창문을 닫고 카미유가 사라지고 꽃을 파는 소녀가 사라지고, 티라이트 캔들처럼 짧았던 달밤이 어두워졌다. 바질과 완두콩 두 줌의 대가로 나는 심장을 주고 문 안으로 들어갔다. 모든 문이 문으로 연결되어 나는 호수 위로 떠올랐다. 호숫가 책방의 문을 열었다. 지옥의 문이었다. 참혹한 사랑이 시작되었다.

2

광기를 잃자 망각이 시작되었다. 카미유가 내게 보낸 두 장의 편지에는 익살스러운 그림이 그려져 있었다. 오렌지색 석양이 드는 방 안 한 여자가 초록색 긴 소파에 누워 있다. 눈에서 가슴까지 환히 빛난다.

나는 그녀와 여행을 한 적 있다. 방 한가운데 찌그러진 테이블이 있는 숙소에서 우리는 방한 구두를 구석에 벗어놓고 밤의 배수관처럼 조용했다.

이야기를 들려줘
내 시가 무슨 위로를 주겠니
내 소설이 뭐가 그리 재밌겠냐고

카미유, 너를 가둬야 한다고 결정한 사람이 누구야?

도망칠 수 없었어. 사진 몇 장 찍는 줄 알았는데 동호회 사람들이 노출을 강요했어.

샌드위치를 이런 식으로 잘라달라 저런 식으로 잘라달라 요구하는 것처럼 쉽게.

발치께에서 비싼 카메라로 뒤집어씌운 일들은 자폭 없이 완전히 드러날 수 없었을까? 돌아다니는 사진을 나 몰라라 방치할 수 있을까? 심장이 뛰게 내버려두듯이.

우리는 서로를 안지 않았다. 위로할 일이 아니라 싸워야 하는 일이었으므로.

일단 자자. 눈물이 귓속으로 들어갔다가 흘러나왔다. 누군가의 인생을 망치려고 사람들이 재미를 좇았다. 나의 암실로 어떤 누구도 전 생애를 걸고 방문하지 않았다. 대화는 교감의 통로라는 거짓말.

바람 없는 거리, 안전을 말하는 감시 카메라, 무지개 아래 몰래카메라, 물에 약을 타는 사람들과 약에 물을 타는 사람들과 약간의 돈으로 사람을 사고팔고 살해하는 세계에서 도무지 불가능한 시를 읽는다.

발등을 찍으며 다음 블록으로 간다. 폴은 취해서 코너링이 잘되고 야간열차는 펼쳐진다.

칸막이 뒤에서

너는 나의 진심을 쥐었다 전철역 입구에서 전단지를 받아주듯이
이웃사촌의 단란함에 눈물이 핑 돈다

나는 칸막이 뒤에 미동도 없이 앉아 있었다
구제불능으로 가련한 인간이라고
나는 칸막이 뒤의 책상 앞에 앉아 고개를 숙이고 숫자를 확인한다 출판 연도라든지 가격이라든지 매출장부에 옮겨 적는다 수치심을 억누르며 수치를 확인하던 밤에는 창백하지 않은 흰 눈이 내렸을 것이다 나는 칸막이 뒤에 있기 때문에 흰수염고래가 눈 속을 헤엄쳐 갔다고 해도 몰랐을 것이다
나는 내가 보지 않은 일을 적는 일에 서툴다 골수에 박힌 것을 빼기에도 급급하다 못 볼 것을 많이 보았지만 보지 않고 쓰는 이들을 만나면 침묵한다

추운 날에 무릎까지 오는 털 코트를 걸친 이를 바라보는 심정으로

그러나 나의 신경질과 과민함은 줄어든다 묵묵히 맑은고딕체로 기계적으로 나는 옮겨 적는다 문틈에 잔디씨를 떨어뜨려놓고 간 새가 내 영혼의 널빤지 위에서 죽었다 나를 죽일수록 사람들은 좋은 사람이 되어간다고 말해준다

칸막이 뒤는 중세 감옥처럼 천장이 높다 나는 40년 이상 칸막이 뒤에 있었다 병풍 뒤의 어린 송장처럼 버티컬블라인드 뒤의 성매매자처럼 스스로를 고립한 순결한 인간이라고 오해할까봐 설명을 덧붙인다 내가 벽장 속에 숨은지도 모르고 아버지는 언니를 폭행했다

나는 숨을 멈추고 칸막이 뒤에서 미동도 하지 않는다

나는 한때 광장이 보이는 방에서 연인을 만났다 1층에는 약국과 편의점 닭개장국집이 있고 2층에는 사무실들이 있었다 그 사이는 모르겠고 5층에는 단란주점이 있었는데 그 위층에 단란주점과 협업하는 여인숙 같은 모텔이 있었다 나는 항상 미리 도착하여 창을 열고 시멘트벽돌 벽과 더러운 창문 사이 4센티미터 정도의 틈으로 광장을 내려다보았다 맥주를 마시다가 새우깡을 밖으로 던지지는 않았다

나는 이제 뚱뚱한 비둘기들처럼 날기가 귀찮고 바닥에 떨어진 걸 먹기에도 바쁘다

칸막이 뒤에서 벽장 거울 뒤의 황무지처럼 은밀한 곳의 푹신한 잔디 위에서 자고 싶을 만큼 피로하다

하지만 나는 칸막이 뒤에 계속 머문다 영수증을

묶을 때 한쪽 줄을 눌러줄 손이 있으려면 쾌활해져
야 하는데 속표지처럼 부드러워져야 하는데

학

환대합시다 모리스를 강독했다

소금을 조금만 넣어달라고 해도 잘츠부르크 호스텔 사람들은 전통 요리에 소금을 기겁할 정도로 많이 넣어준다고 한다 귀중한 손님일수록 더 짜게 소금이 워낙 귀하던 시절의 풍습이라고 한다

자매님 환영합니다 전도사는 대체 자기가 무슨 짓을 한 줄 알긴 아는 걸까

그 소녀는 주인님께 작은 회색 쥐를 갖다 바치는 고양이처럼 나는 신에게 논스톱 통성기도를 한 죄밖에

지루해서 죽을 것 같은 홍상수 영화가 좀 더 끔

찍하게 지루하면 좋겠다

에스프레소는 더 진하고 담배는 더 독한 게 나오면 좋겠다

들리는 듯 마는 듯한 에릭 사티의 곡 중에 고의적일 정도로 미치게 단조로운 건 없을까

내가 새 면도날처럼 극단적으로 날카로웠으면 좋겠다 나는 우울하고 역겹고 초조하고 느리고 늘어지고 생각도 텐션도 없고 불안정하며 변덕스러웠으면 좋겠다

혹은 정반대이기를 바란다

그럴 때는 그랬으면 좋겠다

너무너무 극단적이어서 사람들이 나를 무서워했으면 좋겠다

너만 내 눈에 띄었어 너는 군계 중의 학 같구나

나를 쓰다듬고 귓불을 만지던 전도사에게 그만해 미친 새끼 귀싸대기를 때렸어야 했다 이게 뭔가 이래도 되나 성령인가 선택받은 건가 우유부단하게 있었다니

스터디 모임 선배가 집에 가지 말라고 할 때 자지를 걷어찼어야 했다

논스톱 통성기도를 할 게 아니라 목이 터져라 비명을 지르며 지랄 발광을

아니, 차분하고 민첩하게 증거를 남겼어야 했다

오늘 문 앞까지 따라오는 스토커 새끼를 경찰에 신고했지만 소용없었다

국가는 대체 뭐 하는 걸까

개인이 처리해야 하나 대리운전하듯 대리처벌에 야간경비와 대리시험까지 망치가 어딨더라 뿔뿔이 나한테 학을 떼며 나한테 갈지자로 학을 떼며 스물 한 명쯤 골로 보냈어야 했나

죽은 조세핀에게 보내는 아벨라르의 사랑 노래를 듣고

(알레그로 모데라토)

뭘까요? 사랑이 할 수 있는 최고의 일이란 게
어째서 내가 이따위
입원실에서 당신을 돌보며 시간을 죽여야 합니까
나락으로 추락하는 육체를 육체 이상의 것으로 볼 수 있겠어요

계속할까요

육체가 사라져도 남는 것이 있다는 말을 믿는 분들이 많죠
그루밍 성범죄자들이 칫솔질하다 혓바닥을 닦기 시작했다는 소리 같은 거죠

뭔 소리냐, 네가 가고 싶은 대로 가라
보이겠지만 자물쇠도 없어 왜 스스로를 결박하고 그런다냐

머릿속으로 예상 가능한 대화를 나의 혀에 올리지는 않는다

숨은 혼자서 마시는 것이다
숨을 몰아쉴 때도 마찬가지다
한 층 더 내려가면 길이 나온다
길은 주로 바닥이나 지하로 연결된다
그릇을 가져가면 양을 더 주는 가게를 안다
나는 줄을 서서 국밥을 산다

올라가는 엘리베이터를 탔는데 움직이지 않았다

몇 층 가세요
사랑을 안다고 다 변하는 건 아니다
확인 후 눌러줘야 이동하는 것도 있다

아버지는 악귀를 쫓아주는 나무 이름을 내게 물었다
내가 작았을 때 아버지는 악마처럼 욕실에서 나왔다 술김에 잠자리하는 사람도 사람일까
그러나 지금 아버지 눈에는 내가 그릇이나 찾아다니는 마귀로 보이나 보다
싸워보자
똑같은 슬리퍼로 갈아 신었다

계속해도 되겠습니까

어떻게 사랑하지 않을 수 있겠어요
아버지, 당신이 모든 것을 다 가지고 튀었는데
당신과 분리해서는 기억나는 게 없는데

목차만 읽히고 던져진 책처럼
3분이 넘으면 이상해지는 라면 맛처럼
남은 가족들의 생활은 펴지기 전에 퍼져버렸다
비 오는 날 우리는 이삿짐을 싸고 비가 그치기를 기다렸다

홍역 추가 확진 환자가 서른 명으로 늘어난 마을에 다시 살았다
나는 뜻을 세운 바 없는데 키가 자꾸 컸다 열이 나고 아픈 날에는 할머니가 금강송 아래 산양 똥을 주워 와 먹이셨다

네겐 잠재력이 있어 뚫고 나와야 해 헛개나무 씨앗처럼 껍질이 좀 두꺼울 뿐이란다 나는 나를 사랑하여 기운을 주는 문장을 만들었다

계속했을까 어떻게 되었을까
만약 계속했으면 잘했을까

체육 교사가 나를 불렀다
넌 키도 크고 가능성이 있어
나는 그가 지도하는 배구팀에 들어갔다

어쩌려고 그래? 친구는 코치가 자신에게 팀플레이보다 개인플레이 위주인 게 문제라고 지적한다고 했다 내 친구를 사랑한 코치는 다른 선수들도 사랑

했다 왜 벗어야 되죠? 그의 접근을 피해 절벽으로 가다 죽은 애도 있다고 했다

푸른 눈을 뜬 채 죽어 있는 산양과 산양의 뿔을 본 건 금강송이 많은 마을에 살 때였다. 이장은 어리지 않은 그 산양이 개체 무리를 이탈한 산양이라서 차에 치어 죽은 거라고 했다 산양은 죽어서도 산양이었다 나는 어디론가 멀리 이탈한 존재라는 사실을 받아들여야 한다

그가 나를 잘못 보지 않았거나 나에게 잠재력이 있었다면 어땠을까

다행히 나는 껍질이 너무 두꺼워서 안 벗겨지는 씨앗

컵라면 껍질이나 벗기고 물 붓고 앉아 3분을 기

다리는

어쩌면 나는 알 속에서만 있는 알, 껍데기를 두드릴 부리도 없는, 쥐도 새도 품어줄 리 없는

괜히 또 사고 친 거 아니니? 친구들이 결사반대하는 일을 저질렀다 나는 내 모든 것을 밀어 넣었기 때문에 여기를 사랑하는 건 아니다 내 눈물이 호수를 이룬 이곳을 어떻게 사랑하지 않고 배기겠나

(라르게토)

3일 내내 손님이라곤 늙은 주정뱅이밖에 없는 이 공간에서

나는 책도 팔고 맥주를 판다

최소한 약은 안 탄다

이렇게 산 지 2년이 되어간다 이 정도는 워밍업 기간이라고 누구나 어려운 거라고 선배 책방지기가 말해줬다 살아보는 연습을 죽자 사자 하면 끝까지 연습만 하다가 죽을 것 같다 좋은 척하고 좋은 시늉을 하면 진짜 좋아질 줄 알고 열심히 하다 끝장난 섹스처럼

계속하지 않겠습니다 계속하기 싫을 때는 계속, 계속하지 않겠습니다

만물을 선하게 움직이는 에너지가 있을 거라는 생각이 믿음이 되기 전에

육신이 죽은 후에도 불멸하는 투명한 존재가 살아 있다는 망상이 숭고한 환상이 되기 전에

죄책의 마음

1

“시력을 잃어가면서 속이 잘 보입니다”

늙은 개빈이 말했다

“그렇죠? 나이가 드니 이너 사이드가 중요하게 느껴지죠?

돋보기를 낀 채 사회복지학 대사전을 들추던 레오노라가 말한다

그날 나는 두 노인과 숲을 걷고 있었다 아시아에서 온 입양아나 간병인처럼 보였을 것이다

그들은 자꾸만 걸음을 멈추고 작은 꽃을 들여다보고 냄새를 맡았다

개빈은 이제야 궁금해지기 시작한다

“딱따구리가 부리로 어떻게 저 딱딱한 나무를 뚫

는지 신기하지 않니? 얘야, 눈이 나빠지면서 눈에 잘 띄는구나 풀잎 속 작은 꽃들 어쩜 저리 섬세하게 색깔이 들었을까 파랑새가 얼마나 우아하게 나는지 자연스러운 동작이 얼마나 숭고한지 너도 좀 보렴"

나는 빨리 밥 먹으러 가고 싶었다 노년에나 알게 되는 자연의 경이로움을 이렇게 빨리 깨닫고 싶지 않았다

2-5

"얘야, 비엘리는 네 살 때 바이올린 연주를 시작했다더라 열 살에 앨범을 내고…… 넌 뭐 하는 애냐?"

"저기요, 레오노라 씨, 한국에서는 만으로 나이

를 먹거든요. 이제 식사하고 방으로 들어가시는 편이 좋겠어요"

"아, 미안해, 시간이 이렇게 된 줄……"

두 사람은 호랑이를 보러 근처 동물원에 가고 싶다고 했지만

귀도 잘 안 들리는 늙은이들이 이슬 떨어지는 소리 꽃잎 벙그는 소리에 잠이 깬다고 한다 죽을 때가 다가오면 자연의 위대함과 장엄함을 깨닫는 지혜가 생기나 보다 내게 아직 그런 게 없어서 얼마간은 더 살 수 있을 것 같다

3-8

동물원이다 해 지는 시간의 동물원은 눈물 나게 하는 냄새가 있다 엄마 미안해 견디거나 버티지 않고 누릴 수는 없을까요

"밥 먹었어?"

사자는 말이 없다 단지 조금 소리를 낸다 나도 이제 늙어서 말동무가 필요하다 이제 나는 늙어서 노을이 보이고 풀잎에서 나는 서늘한 소곡도 듣는다 공기 중의 수분만으로도 뿌리를 내리는 식물에 관한 책을 읽었다 돋보기가 필요하다

사자가 제 새끼를 물고 갈 때 깨무는 힘과 먹이를 무는 저작력은 다를 것이다 엄마는 죽으라고 나를 팬 것은 아닐 것이다 나는 맞아 죽겠다는 각오로

버텼다 내가 그녀를 아프게 했다 누구나 갖는 자연스러운 죄책감이란 자살하지 않고 오랜 생존이 가능했던 사람들의 잉여 감정 같다 버티기보다 물러서기 시작했다

내 스탠드 안에 나방들이 죽어 있다 빛에 젖은 날개가 부서졌다 좋아하는 것들이 나를 죽게 한다고 썼던 종이가 나를 파쇄했다

습작생이 떠나면 끔찍하게 조용한 송년회를

***#1* (습작습작 쓴다, 걷는다, 그것을 강조, 떠난 후에도)**

우리는 걷기를 좋아하고
우리는 각자의 오물도 좋아한다
꼰대로서 나는 땀과 피, 설태, 오줌과 젖 정도 나누어도
우리라는 말을 쓰는 걸 꺼린다 그 모호한 집결 혹은 확장성을 좋아하지 않고
너와 내가 나오는 둘만의 탄력적인 얘기도 사랑하지 않는다

그렇지만 세계는 사랑으로 존재하죠 절망에 스스로를 희생시켜선 안 되죠 비탄과 탄식 속에서도 밝고 아름다운 곡을 쓴 사람들을 떠올려보세요

정신병원에 간 슈만이 돌아오고 고갱의 애인이 돌아온 줄 알았다 그런 사례가 네겐 용기를 주는구나

난 글렀어 내게 주려던 건 도로 넣어둬 음악도 꺼다오 고요하고 깊은 노을 해바라기처럼 무력하구나

네가 알게 될까봐 두려워
불가피하게 어떤 형식을 만들고 싶지만
무서웠다 네가 너의 잠재력을 깨닫게 되면 나를 버릴까봐
네가 다시 이렇게 말할까봐
이 책은 버리셔도 돼요 저는 다 외웠거든요
너는 네게 개성이 없다고 말하지만 태풍이 남긴 기묘한 그늘을 갖고 있는 걸 모르지

네가 그들처럼 깃 달린 모자를 쓴다면 네 매력은 사라질걸

우리는 갓 구운 빵을 손으로 뜯어 먹는 걸 좋아한다
너는 찰흙과 손풍금을 좋아하고 여러 톤의 웨이브를 가졌다
나머지는 어떡하죠?
나는 그 외의 것을 사랑한다
내가 너를 두 번째 보았을 때부터 나는 네게 조언할 게 없었다
행인이 없어도 달은 환하다
확정적으로 불안하다

나보다 젊은 작가의 교실이 궁금하다고 말했을 때

네가 그보다 낫다는 말을 하지 않았다

피치 못해 나는 우리를 말하며 벽난로를 피웠고 장작 위에 책을 던져 넣었다 불꽃 속의 재처럼 나는 남았다

너는 원래부터 눈을 뜨고 있었다

그렇다 믿어줘

너는 느긋한 열정으로 자신을 꺼내어 나를 떠날 것이다

#2 (끔찍하게 조용한 송년회를 위하여)

문으로 잿빛 플란넬 양복을 입은 이가 들어왔다

문으로 흰말이 들어왔다

말을 탄 여인이 온몸에 화살이 박힌 채 피를 흘리는 사슴을 안고 있었다

문은 상상하는 크기였고
천장은 시야가 닿는 만큼 뚫려 있었다

희고 높은 벽은 한없이 투명에 가까웠다
시간이 얼마 없어서 싸우는 사람들과 시간이 넘쳐서 싸우는 사람들의 음성이 천장 위에서 들려왔다
촛불 모양 전구도 없이 빛이 꺼졌다
비포 태초라는 양초 가게를 지나 이곳 이전의 마을로 레고 마을로 디스 제너레이션이라는 넥스트의 부드러운 저항음악이 흐르던 거리에서 길을 잃은 적 없다

(자궁으로 귀환한다는 말은 대항한다는 뜻인가요?)

기차가 문으로 들어왔다

천장에서 별이 진다

끔찍하게 긴 기차에서 내린 사람들이 끔찍하리만치 긴 밤에

사랑을 말하고 가슴에 피를 흘리고 모든 사람들이 유사한 인성을 지향했다

기차에서 내린 사람들은 기차에서 내리기 전에는 무엇이었는지 모른다

오래전에 죽은 자의 여행 가방처럼 문은 삭은 채 언제나 열려 있었다

천장 틈새에서 색색의 어둠이 내려왔다

집단적으로 제사를 드리던 때처럼 사람들은 신음을 흘린다

그들이 떨어진 후에야 사생활에서 끝없이 웃는 존재라는 걸 알았다

((한없는 사라짐에 가까운 오로라를 본 적 있어요?))

피 흘리는 나의 사슴은 계속 피를 흘린다
건강한 증거라고 주방장이 말한다 그의 모자는 코스튬 같다
내가 즐겨 입는 잿빛 양복은 케루악의 가게에서 사지 않았다
새로운 진동과 새롭지 않은 발상으로 연말의 거리를 무단 횡단했다
작년에 머리에 꽂았던 꽃이 시들지 않았다
하루 전에 기차에 두고 내린 다섯 권짜리 책의

제목을 떠올렸지만 기억나지 않았다
　단지 무릎 위에서 몹시 무거웠다는 느낌만 있다

　누군가와의 만남이 자신의 삶을 바꿀 거라고 믿는 사람들이 있었다
　그들은 뿔을 숨긴 자리에서 첫인상으로 사람들을 조립했다
　그곳이 들판이었는지 동굴 안이었는지 끔찍하게 아름답고 부유한 사람들의 장원이었는지
　모르겠다 나는 갸우뚱하다 어디서나 언제든지
　한없이 투명에 가까운 우리들의 미래가 사라질 때까지

PIN

021

절대 늦지 않았어요

김이듬

에세이

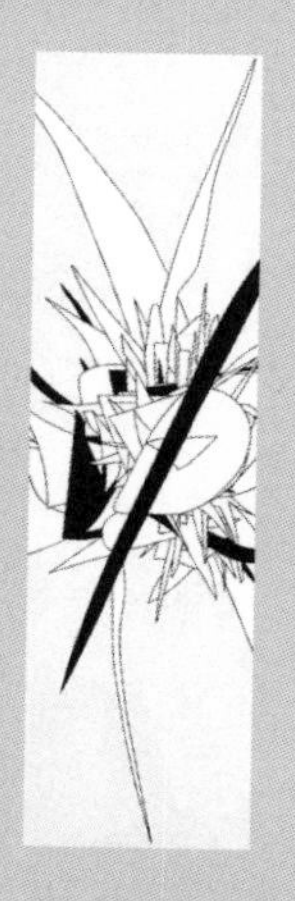

니것의 『나라 없는 사람』에서 나온 "예술은 삶을 보다 견딜 만하게 만드는 아주 인간적인 방법이다. 잘하건 못하건 예술을 한다는 것은 진짜로 영혼을 성장하게 만드는 길이다"라는 말을 믿었던 것 같다.

#2. 레퀴엠 D(abbassamento)

2018년 7월이었다. 나는 뮌스터에서도 조금 더 외곽에 있는 마을로 갔다. 허수경 시인의 집 앞에서 초인종을 눌렀다.

"수경은 서프라이즈를 좋아해요. 건강했을 때 말이죠. 서너 시간 기다리면 병원에서 돌아올 겁니다. 적혈구 문제로 혈액을 투석하러 갔어요." 허수경 시인의 남편인 르네 씨가 나를 반겨주었다.

나는 그와 마주 앉아 이야기를 나누었다. 몇 해 전 며칠 동안 그 집에서 지냈기 때문에 우리는 말이 잘 통했다. 그가 화이트와인을 꺼냈고 나는 한국에서 가져간 선물을 드렸다. 그가 오래 앓고 있던 파킨슨

병은 더 악화되어 두 다리에 붕대가 칭칭 동여매져 있었다. 매일 간호사가 와서 붕대를 교체하고 간단한 처치를 해준다고 했다. "이제 이 질환은 '파키'라는 이름의 내 친구가 되었죠." 그는 호탕하게 웃었다.

"얼마나 더 기다려야 할까요?"

"전화를 해볼게요." 르네 씨가 수경 언니에게 전화를 했지만 그녀는 받을 수 없었다. 다시 담당 의사에게 전화를 했다. 갑작스럽게 며칠 입원해야 하는 상황이라고 했다.

뮌스터는 내게 성당이 많은 거리가 아니다. 카페 발자크의 에스프레소도 아니다. 피카소미술관도, 식물원이 있는 교정도 아니다. 고고학도 아니고 길모퉁이 중국 식당도 아니며 아무도 오지 않는 역도 아니다. 얼음 성자가 사는 곳, 암에 걸려 생사를 오가는 고향 선배가 스무 해 넘게 숨 쉬는 곳, 그녀의 남편이 파킨슨병을 앓는 곳, 정원에 놓인 연두색 장화, 토마토 모종, 2층에는 하얀 방이 있고 넓은 서가에 걸쳐진 사다리와 쓰지 않은 여러 권의 노트와

작은 액자들이 있는…… .

7년 전 봄, 새벽에 일어나 내게 찬합 도시락을 싸준 시인은 이제 음식을 드시지 못한다. "객지에서 잘 먹어야 된다, 이듬아. 사람이 먹어야만 산다는 것이 이상하지 않니?" 그해 봄 베를린으로 돌아가는 나를 정류장까지 배웅하며 차비를 쥐여주던 시인은 앓아 누우셨다. 믿을 수 없다. 우리는 보리밭길을 걸어 얼음 창고가 있던 산마루에 갔다. 산책 중에 언니가 내게 물었다. "시인이 될 결심을 언제 했니?"

"결심한 적은 없지만 자연스레 이리되었네요. 이곳에 와서 언니를 만나겠다고 정한 적 없듯이."

나는 뮌스터에 있는 호스텔에서 사흘 머물렀다. 양철 식기에서 스프를 떠내다가 문득 하늘을 보았다. 하얀 침대, 넓은 책장은 없었지만 이젠 아무것도 필요 없어, 그렇게 중얼거렸다. 속으로 몇 번 중얼거려보니까 진짜로 모든 게 허무해졌다. 위층에서 치는 광시곡을 듣는 것처럼 한 소절에서 반복되는 기억으로 내 머리를 감싸 쥐는 것 말고는 달리. 짐을 싸서 뮌스터역으로 가는 길에 성당 앞을 지났다. 문을 열고 잠시 머리를 들여놓았다. 미사곡이 들려왔지만 제목을 알 수 없는, 어쩐지 숭고하고 둔중한 느낌을 주는 곡이었다.

#3. 내 영혼 속에 파두가 있어(affannate)

나는 잠결에 달콤한 냄새, 설탕과 우유가 끓는 냄새를 맡는다. 눈물이 나려고 한다.

단지 세상의 끝, 잘못 울린 한밤의 초인종 소리를 듣고 먼 길을 떠난 것 같았다. 뮌스터에서 곧바로 귀국하지 않고 포르투갈 리스본을 경유했다. 한여름 바캉스 시즌이었지만 의외로 싼 비행기표를 구할 수 있었다. 어딘가로 가지 않으면 미쳐버릴 것 같았다.

리스본 알파마에 있는 레스토랑에서 파두Fado를 들었다. 영화 「라 비 앙 로즈」에서 아말리아 로드리게스의 파두를 들었을 때보다 훨씬 더 우울하게 감정을 터트리는 마법처럼 다가왔다. 검은 숄을 쓰고 나온 중년 여성이 레스토랑 모서리에서 너무나 자연스럽게 노래를 했다. 그녀 옆에는 두 명의 기타리스트가 있었다. 한 명은 열두 줄의 포르투갈 기타로 멜로디를 연주하고 다른 한 명은 여섯 줄의 비올라 리듬을 연주했다. 극도로 우울한 그 곡들은 대개 사랑, 슬픔, 고통에 관한 노래들이고, 행방불명되거나 성취되지 않은 것들에 대한 슬픔과 갈망을 표현한다.

알파마 지역 대부분의 레스토랑이나 바에서는 저녁마다 파두 공연이 있었다. 입장료가 아까우면 먼발치에서 노천 식당의 파두 공연을 볼 수 있다. 나는 매일 저녁 담벼락에 기대거나 골목 끝 문밖에 서서 파두를 들었다. 어떤 날에는 손님들이 일어나서 다 같이 노래를 하는지 합창과 웃음소리가 들려왔다. 파두의 어떤 곡들은 우스꽝스러운 역설과 음란한 내용이 들어 있다고 한다.

나는 여기서 유튜브로 손쉽게 찾아 들을 수 있는 아주 평이한 곡을 소개한다. 대체로 젊은 파두 세대에 속하는 아나 모라Ana Moura(1979-)의 노래이다. 가사를 옮기자면 다음과 같다.

「Sou do fado, Sou Fadista」

Sei que a alma se ajeitou

Tomou a voz nas mãos

Rodopiou no peito

E fez-se ouvir no ar

E eu fechei meus olhos

Tristes só por querer

Cantar, cantar

E uma voz me canta assim baixinho

E uma voz me encanta assim baixinho

Sou do fado

Sou do fado

Eu sou fadista

「나는 파두에 속해 있다」

나는 내 영혼이 내 안에 둥지를 틀었다는 것을 안다

그것은 내 목소리를 그 손에 넣었다

그것은 내 가슴속에서 퍼덕거렸고

내 목소리를 통해 그 소리를 들을 수 있었다

그리고 나는 슬픈 눈을 감았다

왜냐하면

나는 노래만 부르고 싶었다

그리고 목소리를 내면서 부드럽게 노래한다

그리고 목소리가 속삭이듯 나를 매혹시킨다

"내 영혼에 파두가 있어"

"나는 파두에 속해 있어"

"나는 유행의 첨병이야"

그날 밤 내 수첩에는 이렇게만 적혀 있다 : 오늘 나의 기억은 별로 없다. 지치고 낙심한 목소리, 목소리. 후회한다, 울음을 참은 것, 초콜릿으로 만든 잔에 체리주Ginjnha를 넘치게 따르지 않은 것, 죽음은 여행이 아니라 떠나버려야 했던 것임을 아는 것, 이국에서 죽어 고향으로 돌아가지 않고 타지에 묻히는 시인의 심정을 생각하다가 펑펑 운 것, 아스팔트 위의 비둘기 시체, 삶은 진눈깨비라는 노래의 마지막 리릭처럼 후회할 줄 알면서 다시 떠나는 것.

이후에 나는 수정할 수 있었지만, 수정하지 않았다.

마르지 않은 티셔츠를 입고

지은이 김이듬
펴낸이 김영정

초판 1쇄 펴낸날 2019년 8월 31일
초판 3쇄 펴낸날 2022년 5월 6일

펴낸곳 (주) 현대문학
등록번호 제1-452호
주소 06532 서울시 서초구 신반포로 321(잠원동, 미래엔)
전화 02-2017-0280
팩스 02-516-5433
홈페이지 www.hdmh.co.kr

ISBN 978-89-7275-116-8 04810
978-89-7275-113-7 (세트)

* 책값은 뒤표지에 있습니다.

현대문학 핀 시리즈 시인선

001	박상순	밤이, 밤이, 밤이
002	이장욱	동물입니다 무엇일까요
003	이기성	사라진 재의 아이
004	김경후	어느 새벽, 나는 리어왕이었지
005	유계영	이제는 순수를 말할 수 있을 것 같다
006	양안다	작은 미래의 책
007	김행숙	1914년
008	오 은	왼손은 마음이 아파
009	임승유	그 밖의 어떤 것
010	이 원	나는 나의 다정한 얼룩말
011	강성은	별일 없습니다 이따금 눈이 내리고요
012	김기택	울음소리만 놔두고 개는 어디로 갔나
013	이제니	있지도 않은 문장은 아름답고
014	황유원	이 왕관이 나는 마음에 드네
015	안희연	밤이라고 부르는 것들 속에는
016	김상혁	슬픔 비슷한 것은 눈물이 되지 않는 시간
017	백은선	아무도 기억하지 못하는 장면들로 만들어진 필름
018	신용목	나의 끝 거창
019	황인숙	아무 날이나 저녁때
020	박정대	불란서 고아의 지도
021	김이듬	마르지 않은 티셔츠를 입고
022	박연준	밤, 비, 뱀
023	문보영	배틀그라운드
024	정다연	내가 내 심장을 느끼게 될지도 모르니까
025	김언희	GG
026	이영광	깨끗하게 더러워지지 않는다
027	신영배	물모자를 선물할게요
028	서윤후	소소소小小小
029	임솔아	겟패킹
030	안미옥	힌트 없음
031	황성희	가차 없는 나의 촉법소녀
032	정우신	홍콩 정원
033	김 현	낮의 해변에서 혼자
034	배수연	쥐와 굴
035	이소호	불온하고 불완전한 편지
036	박소란	있다